LE POSTILLON
DE MAZARIN
ARRIVE' DE DIVERS
ENDROITS LE PREMIER
OCTOBRE.

A PARIS,

M. DC. XLIX.

LE POSTILLON DE MAZARIN
arriué de diuers endroits le premier. Octobre.

VN iour me promenant au Palais Cardinal,
Ie formois le deſſein de creuer vn canal
Dans ma maiſon des champs qui eſt aſſez jo-
lie,
Mais cela luy manquoit pour la rendre accomplie.
L'on m'appella d'enhaut, il fallut m'arreſter,
Lors que ie regardois ce qu'il pourroit couſter,
Comme i'en ſupputois à peu pres la depence,
Ie vis qu'on m'appelloit de par ſon Eminence,
Ie m'auance auſſitoſt, ſans redoubler mon pas,
Car ie m'imaginois rencontrer le trépas,
Si toſt que ie ſerois arriué dans ſa chambre,
Neantmoins i'auançay, peur de le faire attendre,
Quand i'y fus arriué, l'on me dit qu'il falloit
Suiure le Cardinal dans le lieu qu'il alloit.
I'y conſentis d'abord ſans ſonger au voyage
Pour lequel acheuer il marcha ſans bagage,
Il me faut auouër que ie fus bien ſurpris,
Mais il ne fallut pas parler, car i'eſtois pris,

Quand i'eusse reculé taschant de m'en deffendre,
On m'eut tousiours contraint malgré moy d'entreprendre
Ce que i'auois promis seulement par respect:
Enfin ie consentis pour n'estre point suspect,
Quand vous parlez, François, le Cardinal se trousse
Et soudain l'on me mit vne fort belle housse
Pour seruir de cheual & porter vn baudet,
Lequel sans contredit on peut nommer lourdet.
Estant donc en chemin nous quittons les campagnes
Et nous nous esleuons par dessus les montagnes.
Nous courusmes vn iour sans trouuer le chemin,
Le Cardinal me dit, ce sera pour demain,
Moy qui ne sçauois pas le dessein de sa route,
De ce retardement i'entray soudain en doute:
Mais sans luy tesmoigner, si tost que le Soleil
Nous eut de bon matin fait reuoir son bel œil,
Nous partons derechef, sans regler nostre course,
Et desia nous passions la petite & grande Ourse,
Quand vn Ange du Ciel s'en vint nous arrester
Alors le Cardinal se mit à contester,
Disant qu'au Firmament il auoit des affaires,
Mais tous ses vains discours ne luy seruirent guiere,
Si tost que i'entendis parler du Firmament,
Mes sens furent surpris d'vn tel estonnement,
Que ie n'auancois plus qu'auec grande contrainte,
Mon cœur estant percé d'vne mortelle atteinte,
Et ie craignois que Dieu surpris de nostre orgueil
Ne nous fit faire au Ciel vn redoutable accueil,

Nous

Nous pourſuiuions alors quand ſoudain le Tonnerre
Commença de gronder en menaçant la terre
De la furie bien-toſt de ſa preſomption,
Neantmoins nous allions de meſme affection,
Apres auoir braué trop long-temps la tempeſte,
Laquelle à tous momens penchoit ſur noſtre teſte,
En fin nous arriuons à la porte du Ciel,
Où d'abord nous ſentons vne douceur de miel,
Monſieur le Cardinal laſſé de cette courſe
Commence à reconter tout l'argent de ſa bourſe,
Il crût tout auſſi toſt que nous pourrions entrer,
Me diſans que l'argent pouuoit tout penetrer,
Mais ie luy reſpondis, reſpect voſtre Eminence
Ce n'eſt peut-eſtre pas en ce lieu comme en France.
Eſtant dans ce diſcours ſans beaucoup retarder,
Deux Anges à grand pas nous vindrent aborder.
Moy qui les vit de loing ie fus rauy de ioye,
Mais pour leur mieux parler le Cardinal m'enuoye,
Diſant retirez-vous, ſoyez content de voir
Ceux qui pour mortels ſont touſiours en deuoir,
Ie ne fus pas party qu'ils tindrent conference,
Mais pour les eſcouter (ſans faire bruit) i'auance,
Et mon eſprit pouſſé de curioſité,
Ie m'approchay plus prés pour oüyr la verité,
Mais ie connus bien-toſt que pour de tels gens d'armes,
Ses piſtolles auoient de trop de belles charmes,
Pourtant le Cardinal ne fut point eſtonné
De ce honteux refus qu'on luy auoit donné,

Mais il ſe reſolut (ſans perdre le courage)
De ſouffrir doucement vn ſi ſanglant outrage,
Il le nommoit ainſi, mais à mon iugement
Ie crus qu'il meritoit vn pareil traittement.
Sans nous deſeſperer nous tournons par derriere,
Où nous croyons entrer en diſant noſtre affaire,
Nous frappons, tout ſoudain on nous dit, qui vala?
Monſieur le Cardinal reſpond, ouurez hola,
C'eſt ce grand Cardinal le Maiſtre de la France.
AA. Nous ne connoiſſons pas Monſieur V. Eminence.
C. Vous mocquez-vous de moy? AA. dites nous vo. nom,
C. Qnoy? n'entendez vous pas iuſqu'icy mon renom?
AA. Non Monſieur. C. neâtmoins il eſt par tout en vogue.
AA. Monſieur que dites-vous? eſtes vous pedagogue?
C. Meſſieurs i'ay des treſors, ie vous en feray part,
AA. Quand vous le voudriez vous arriuez trop tard.
C. Meſſieurs ne raillons point ie ſuis vn grand Miniſtre,
AA. De Satan ou d'Eſtat? C. ie ne ſuis pas vn Cuiſtre
Ie ſuis vn Cardinal. AA. mais vous ne vallez rien,
C. Ie ſuis vn grand Docteur, ie ſuis homme de bien.
AA. C'eſt dequoy nous doutons. C. ouurés ouurés la porte,
AA. Nous ne l'ouurirons pas. C. parlez vous de la ſorte,
Aux gens fait comme moy? AA. eſtes vous ſi parfait?
C. Ie n'ay nul manquement ie me trouue bien fait.
AA. Auez-vous des teſmoins de ce que vous nous dites?
Vous eſtes impoſteur, vous eſtes hypocrite;
Allez, retirez vous, on ne peut vous ouurir,
Cher amy quel affront; vous le deuez ſouffrir.

A quoy bon s'en venir dans le lieu de la gloire
Sans iamais auoir fait vne action meritoire,
Auons iamais ieufné? auez vous feruy Dieu ?
Sçachez qu'on ne doit pas s'en venir en ce lieu,
Si l'on a fait du bien, & beaucoup d'abftinence
Mais pour vous qui n'auez iamais fait penitence,
Et qui vous gouuernez felon vos paffions,
Et qui n'obeyffez qu'à vos affections,
Vous ne vous deuez pas ingerer d'entreprendre,
D'obtenir vn accueil qu'à peine ofent pretendre
Ceux qui depuis long-temps ont vefcu fainctement,
Il nous en faut aller fans autre compliment.
Monfieur le Cardinal entendant mes paroles
Commence à deferrer doucement fes piftolles,
Et me dit, pourfuiuons plus bas noftre chemin,
Nous y arriuerons de bon heure demain,
Nous voila donc partis, nous trauerfons les nuës
Nous baiffons par deffous des maifons inconnuës,
Apres auoir paffé dans les obfcuritez,
D'vn vent impetueux nous nous fentons portez
Dans vn air enfouffré, tout remply de tenebres,
Où l'on n'entendoit rien que des cris tres-funebres,
Nous nous fentons faifis d'vn friffon dans le cœur
Tout ainfi qu'vn foldat qui craignant le vainqueur,
S'efcarte auec frayeur, pour éuiter fa rage,
Et s'enfuyr doucement fans manquer de courage,
Ainfi nous auançons, en mefurant nos pas,
En crainte (fans pourtant redouter le trefpas)

E 1 suite nous entrons dans le fonds d'vne voute
Si sombre que Phœbus mesme, n'y verroit goutte.
Nous redoublons le pas pour retreuuer le iour,
Mais il ne parut point que ce ne fut son tour.
Et en le descouurant nous vismes vne barriere,
Et croyans y entrer on nous pousse en arriere,
Ie me tourne tout court croyant n'auoir pas tort,
Mais ie n'apperçeu rien que l'ombre de la mort
Qui me suiuoit de prés, sans me vouloir permettre
Que reposant vn peu ie puisse me remettre.
Mon maistre tout chagrin de son premier refus
Redoutoit de marcher tant il estoit confus;
Quand il m'eut attrapé, & qu'il vit la barriere,
Il dit c'est en ce lieu que nous auons affaire,
Il nous faut reposer, puis heurter librement,
S'ils refusent d'ouurir, faut entrer franchement:
Ie luy dis promptement l'affaire est bien douteuse,
Et si nous n'entrons pas l'entreptise est honteuse,
N'importe (me dit-il, que sert de marchander ?
Il nous faut auiourd'huy sans crainte s'azarder,
Nous y deuons entrer à force de monnoye,
Mà foy ie ne crois pas qu'aucun d'eux me renuoye,
I'ay bien affaire à eux, ie voudrois leur parler,
Et s'ils ne veulent pas, il faudra s'en aller,
En me disant cela, nous vismes à la porte
Des hommes qui crioient d'espouuentable sorte,
Appellant aux secours, ignorans le suiet
Pour lequel nous voyons vn si funeste objet;

L'on

L'on nous dit aussi-tost que de cette contrée
Nulle ame ne sortoit apres y estre entrée,
Si Dieu ne l'ordonnoit. Monsieur le Cardinal
Se presentant à eux leur parut vn cheual,
Ils furent si surpris de voir cette merueille,
Qu'ils se teurent tout court pour luy prester l'oreille,
Et l'entendant parler comme il vouloit entrer
Luy disent qu'vn cheual ne pouuoit penetrer,
Iusques dans ces lieux, où l'on purgeoit les ames,
Sans y estre bruslez promptement par les flammes.
Luy qui les escoutoit (les entendans parler)
Leur dit resolument, qu'il vouloit y aller,
Qu'il estoit Cardinal, qu'il gouuernoit la France,
Qu'on l'y pouuoit mener en toute confiance,
Qu'il les payeroit bien, qu'il les rendroit contens,
Eux apres les propos s'en allerent sautans,
En disant qu'vn cheual qui disoit tant de choses
Leur pouuoit dire aussi ses importantes causes,
Qui l'auoient fait venir. Suis-ie donc vn cheual?
Pour qui me prenez-vous? Ie vous dis Cardinal,
Et que i'ay de l'argent assez pour satisfaire
Aux frais qu'il conuiendra dans vne telle affaire.
Ils eussent derechef aigrement disputé,
Sans que mon Maistre fut tout soudain emporté.
Sans sçauoir qui c'estoit qui auoit cette audace
(En s'arrestant) me dit, que veux-tu que ie fasse?
Ie me vois mesprisé, l'on se mocque de moy,
Moy ie luy dit tout net, Monsieur par ma foy

C

On traite beaucoup mieux ailleurs voſtre Eminence,
Et ie crois qu'au plutoſt faut retourner en France,
Ces gens en vous voyant ont creu voir vn cheual,
Mais ie leur auois dit que i'eſtois Cardinal,
C'eſt ce qui les trompoit, vous eſtiez mal en ordre,
Et vos habillemens eſtoient tout en deſordre,
Puis vous auez parlé beaucoup trop librement,
Et leur auez d'abord dit voſtre ſentiment,
De leur eſt nouueauté dedans le Purgatoire,
De voir parler quelqu'vn qui ſoit taſché de gloire,
Ne tardons plus icy, n'y fait pas bon pour nous
Ditte, comme auez-vous éuité leur courroux?
Allons, allons nous en, il fait meilleur en France,
Et principalement au fond de la Prouence,
Où l'on a des citrons pour vn peu moderer
Les extrémes chaleurs qu'il y faut endurer,
Mais dans ces lieux icy, nul citron, point d'orange
Allons, retirons-nous : car la chaleur nous mange,
Allons chercher ailleurs du rafraiſchiſſement,
Nous joüirons plus bas d'vn grand contentement,
Il nous y faut aller, ſans tarder dauantage,
De demeurer icy, certainement i'enrage,
Allons ioyeuſement deſcendons en ce lieu,
Où logent maintenant les ennemis de Dieu.
Nous ferons bien receus, nous y ferons grand chere,
Nous y verrons auſſi peut-eſtre mon grand Pere,
On dit qu'il eſt logé dans le fond de l'Enfer,
Ah! que tu és badin, on ſe dit Lucifer,

Les ennemis de Dieu regnent dans vn Royaume
Ou tous les fleuues font & delaict de baume,
Tu le verras bien-toft, ie m'en vais t'y mener,
Nous nous pourrons tantoft doucement promener,
Nous y ferons receu vn peu mieux que les autres
Tous mes parens y font, n'y en a-il point d'autres?
Cela nempefche pas qu'il n'y en puiffe auoir,
Mais tous les miens y ont le principal pouuoir,
Vois-tu cette noirceur, ces efpaiffes tenebres,
Tous ces mauuais oifeaux, qui font ces cris funebres,
Ils ne reffemblent pas à ceux là de tantoft,
Nous voila preft d'entrer, metóts nous comme il faut,
C'eftoit deuers le foir qui me difoit ces chofes,
Et les heures du iour alloit demeurer clofes,
Quand vn grand bruit confus tout par tout efpandu,
Fut de nous auffi-toft clairement eftendu,
Ne fçachant que c'eftoit (ayant l'efprit en doute)
Nous n'apperceufmes rien, car nous ne voyons goutte
Mais bien-toft par apres j'apperçeus deux Vallets,
Qui venoient brauement, & dançoient des ballets,
En fuitte j'apperçeus vne grande lumiere
Qui nous vint promptement donner dans la vifiere.
Monfieur le Cardinal qui ne fe fentoit pas
S'aduançoit grauement demarchoit pas à pas,
Enfuitte j'apperçeus des foldats à la fille
Qui faifoient bien tous neuf cens, ou prés d'vn mille,
Deuant eux on voyoit venir vn grand vieillard
Que Lucifer auoit enuoyé de fa part,

Qui s'en vint haranguer d'vne façon crotesque,
Ie crois qu'il ne parloit rien qu'en langue Burlesque,
Lors qu'il eut acheué la fin de son discours,
Nous vismes des soldats qui firent tous trois fours,
Et apres auoir fait chacun quelques gambades,
Ils firent d'extrement partir leurs mousquetades,
En suitte des Saxons, des Turcs, & des Romains,
Des Mores, des Persans, vinrent baiser les mains
A Monsieur Mazarin, qui reçeut leur hommage
Fort serieusement auec vn gay visage.
Tous vindrent salüer, Monsieur Mazarin,
Les Suisses vindrent apres auec leur tabourin,
Pour luy rendre l'honneur, apres eux s'auancerent
Tous les Italiens qui là se rencontrerent,
Il y en auoit tant que pour les bien conter
Il faudroit plus d'vn an, peur de se m'esconter.
Puis l'on fit apporter vn Dais à la Romaine,
Par quatre Diablotins, plus noirs que de l'hebaine,
Monsieur le Cardinal se mit fort bien dessous,
Et l'on me fit marcher à la teste de tous,
Lors que nous fusmes prest de passer sous la porte,
On luy fit vn discours presque de cette sorte
Ministre tres-prudent sur qui tout l'Vniuers
Tient le cœur & les yeux esgallement ouuerts,
O noble Cardinal, ô puissant personnage,
Le plus parfait de tous, le mieux fait, le plus sage,
Nostre Souuerain Roy vous defere l'honneur,
Que nous luy rendons tous, il estime vn bon-heur,

De

De vous voir auiourd'huy visiter son Royaume,
Vous n'y trouuerez point de paille ny de chaume,
Mais des biens excessifs que vous possederez,
Auec nostre Seigneur quand vous decederez,
Vous aurez auec luy tous les iours des hommages
Que luy rendent souuent les hommes les plus sages,
Quand vous demeurerez pour iamais en ce lieu,
L'on vous honorera tout partout comme vn Dieu,
Quand i'entendis parler mon drolle de la sorte,
I'ay tasché d'esquiuer & de gagner la porte,
Mais ie suis asseuré par la fin du discours,
Par lequel nous pouuions nous promener tousiours,
Attendant que la mort nous eust osté la vie,
Nous en pourrions en sortir sans encourir d'enuie,
Ce discours me gagna, ie fus si tost surpris,
Que difficilement ie repris mes espris,
Car ie considerois tantost la bonne chere,
Tantost ie regardois l'excellente matiere,
Dont estoit composé tout ce que l'on seruoit,
Et tantost ie goustois le vin qu'on y beuuoit,
Ie suis bien asseuré qu'au Palais de la Reine,
Et dans celuy du Roy, on auroit de la peine
A les traiter, si bien, comme on nous regala,
Apres qu'on eut soupé chacun d'eux s'en alla,
Apres vn tel repas on fit venir mon Maistre,
Et la crainte en mon cœur commença de renaistre,
Car ie craignois bien fort qu'on l'allast retenir,

Et qu'aprés tout cela, il ne peut reuenir,
Lors que le Cardinal entra dedans la chambre,
(Dont les paués eſtoient de pur or & fin ambre.)
Il s'encline ſi bas, que pour le releuer,
On ſe mit deux ou trois pour le mieux ſouleuer,
Il redoubla trois fois vne humble reuerence,
Tous les Diables gardoient vn merueilleux ſilence,
Quand Monſieur Mazarin commença ſon diſcours,
Diſans à Lucifer, Prince que tous les iours,
Reuenez plus puiſſant, faite moy cette grace,
Que ie puiſſe parler à tous ceux de ma race,
Exprés, ie ſuis venu vous rendre mon deuoir,
Permettez, s'il vous plaiſt, que ie les puiſſe voir,
Deſſus voſtre bonté tout mon eſpoir ſe fonde,
I'eſpere que bien-toſt ie reuerray le monde,
Où ie celebreray la grande affection,
Que vous portés à tous, ma ſatisfaction,
Dans ce iour, s'il vous plaiſt, ſe trouuera parfaite,
En obtenant de vous tout ce que ie ſouhaite,
A peine pouuoit-il acheuer ſes propos,
que Lucifer manda que Madame Atropos,
Le menaſt tout par tout, luy faiſant voir la place,
Dans vn fort bel endroit entre ceux de ſa race,
Lucifer luy donna quelques enſeignemens,
Afin d'entretenir touſiours ces mouuemens.
Mais ie ne peux quaſi me contenir de rire,
quand Lucifer luy dit, qu'il luy lairroit l'Empire,

Lors qu'il feroit venu refider auec luy,
Et qu'il luy feruiroit en attendant d'appuy,
Et qu'il empefcheroit qu'on ne le peuft furprendre,
Dans les nobles deffeins qu'il alloit entreprendre,
Apres tous ces difcours, nous allafmes partout,
Et nous vifmes l'Enfer de l'vn à l'autre bout,
Où ie vis A. M. C. qui referuoient la place,
A. E. é. qui auoient trop remply leur beface,
Apres auoir tout veu, nous partifmes d'Enfer,
Et nous prifmes congé de Monfieur Lucifer,
Qui nous vint ramener iufques auprés de la porte,
Et pour nous en venir, nous fournit vne efcorte,
Apres eftre partis, nous reuifmes Paris,
Sans danger, en fongeant à cela, ie foufris,
Monfieur le Cardinal, pour toute recompenfe,
Paya fur le chemin pour tous deux la dépenfe.

C'Eft vne fiction que ie vous diftribuë
    Quand à moy ie l'ay veuë,
Receuez le prefent de mon affection,
    Cette prediction.
Se monftrera bien-toft toute accomplie en France,
    Dedans fon Eminence.

F I N.